LOVECRAFT

Les Rats dans les murs

Traduit de l'américain par
Lili Sztajn

Postface de
Jean-Luc Fromental

ÉDITIONS MILLE ET UNE NUITS

LOVECRAFT
n° 162

Texte intégral.
Titre original :
The Rats in the Walls.

ISBN : 2-84205-142-4

Sommaire

LOVECRAFT

Les Rats dans les murs

Les Rats dans les murs

Le 16 juillet 1923, je m'installai dans le prieuré d'Exham après que le dernier ouvrier eut achevé ses travaux. La restauration avait été une tâche prodigieuse car, de l'édifice désert, il ne restait guère qu'une carcasse en ruine ; néanmoins, parce qu'il avait été la demeure de mes ancêtres, je ne regardai pas à la dépense. L'endroit était inhabité depuis le règne de Jacques Ier, époque à laquelle une tragédie de nature profondément atroce, bien que totalement inexpliquée, s'était abattue sur le maître des lieux, cinq de ses enfants et plusieurs serviteurs, et, dans un climat de soupçons et de terreur, avait poussé au départ le troisième fils, mon ancêtre direct et seul survivant de cette lignée abhorrée.

L'unique héritier étant soupçonné de meurtre, le domaine était revenu à la Couronne. Quant au coupable présumé, il n'avait pas fait la moindre tentative pour se disculper, ni pour recouvrer ses biens. Bouleversé par une horreur plus grande que celle de la conscience ou de la loi, n'exprimant qu'un désir frénétique de chasser l'antique édifice de sa vue comme de sa mémoire, Walter de La Poer, onzième baron d'Exham, s'enfuit en Virginie et y fonda la famille qui, un siècle plus tard, fut connue sous le nom de Delapore.

Le prieuré d'Exham était resté inoccupé, bien qu'il eût été par la suite alloué à la famille Norrys et eût fait l'objet de nombreuses études en raison de son architecture étrangement composite : un mélange de tours gothiques reposant sur une infrastructure saxonne ou romane, dont les fondations étaient elles-mêmes d'un ordre ou d'un mélange d'ordres plus anciens – romain, ou même celte ou gallois, si l'on en croit la légende. Ces fondations étaient très singulières car elles plongeaient d'un côté dans le bloc de calcaire de la falaise au bord de laquelle le prieuré dominait une vallée désolée, à six kilomètres à l'ouest du village d'Anchester.

Architectes et amateurs d'art antique aimaient examiner cette étrange relique de siècles oubliés, mais les gens de la campagne la haïssaient. Ils la haïssaient plusieurs centaines d'années auparavant, lorsque mes ancêtres y vivaient, et la haïssaient aujourd'hui, alors que l'abandon avait couvert ses murs de mousse et de moisissures. Il ne m'avait pas fallu plus d'une journée en arrivant à Anchester pour découvrir que je venais d'une maison maudite. Et cette semaine, les ouvriers ont fait sauter le prieuré d'Exham et s'activent à faire disparaître toute trace de ses fondations. Je connaissais depuis toujours les faits essentiels concernant mon ascendance, de même que je n'ignorais pas que mon premier ancêtre américain était venu aux colonies sous d'incertains auspices. J'avais néanmoins été tenu dans l'ignorance complète des détails, conformément à la politique de réserve que les

Delapore n'avaient cessé d'appliquer. À la différence de nos voisins planteurs, nous nous vantions rarement de nos aïeux croisés et autres héros du Moyen Âge ou de la Renaissance ; de même, aucune tradition n'était transmise, à l'exception peut-être de ce qui se trouvait dans l'enveloppe scellée que chaque chef de famille laissait à son fils aîné avant la Guerre Civile, avec instruction de ne l'ouvrir qu'après sa mort. Nos plus grands faits de gloire étaient ceux que nous avions accomplis depuis l'émigration ; ceux d'une lignée virginienne fière et honorable, bien que quelque peu réservée et insociable.

Durant la guerre, nos richesses furent anéanties et toute notre existence se trouva transformée lorsque brûla Carfax, notre domaine sur la rive de la James. Mon grand-père, très âgé, périt dans cet acte de violence incendiaire, et l'enveloppe qui nous rattachait tous au passé disparut avec lui. Je me rappelle aujourd'hui cet incendie aussi bien que je le vis à l'âge de sept ans, les cris des soldats nordistes, les hurlements des femmes, les plaintes des Noirs qui priaient. Mon père était avec l'armée, en train de défendre Richmond, et après maintes formalités, ma mère et moi fûmes autorisés à franchir les lignes pour le rejoindre.

Lorsque la guerre se termina, nous partîmes tous pour le Nord, d'où ma mère était venue, et je grandis, atteignis l'âge mûr et finalement la richesse, en bon Yankee. Nous ne sûmes jamais, ni mon père ni moi, ce qu'avait contenu notre enveloppe héréditaire, et comme je plongeai dans la grisaille de la vie d'un homme d'affaires du Massachusetts, je perdis tout intérêt pour les mystères qui, de toute évidence, rôdaient dans les méandres de mon arbre généalogique. Si j'en avais soupçonné la nature, j'aurais avec joie abandonné le prieuré d'Exham à sa mousse, ses chauves-souris et ses toiles d'araignées !

Mon père mourut en 1904 sans laisser de message, ni à moi ni à mon fils Alfred, un garçon de dix ans orphelin de mère. Ce fut lui qui inversa l'ordre des informations familiales car, alors que je n'avais eu à lui offrir que d'amusantes conjectures au sujet du passé, il me relata dans ses lettres quelques très intéressantes légendes ancestrales lorsque la dernière guerre le conduisit en Angleterre en 1917, en tant qu'officier dans l'aviation. Apparemment, les Delapore avaient une histoire pittoresque et peut-être même sinistre car un ami de mon fils, le capitaine Edward Norrys du Royal Flying Corps, résidant à Anchester, près du domaine familial, lui avait raconté certaines superstitions paysannes que peu de romanciers auraient pu égaler par l'imagination tant elles étaient extravagantes et incroyables. Norrys lui-même, bien entendu, ne les prenait pas au sérieux ; mais elles amusaient mon fils et fournissaient une matière intéressante aux lettres qu'il m'écrivait. Ce furent sans aucun doute ces légendes qui attirèrent mon attention sur mon héritage transatlantique, et me poussèrent à acheter et restaurer la demeure familiale que Norrys avait fait visiter à mon fils dans son état d'abandon pittoresque, en lui proposant de l'acquérir à un prix étonnamment raisonnable, son oncle en étant l'actuel propriétaire.

J'achetai le prieuré d'Exham en 1918, mais je fus presque immédiatement détourné de mes projets de restauration par le retour de mon fils, mutilé et invalide. Durant les deux années qui lui restaient à vivre, je songeai uniquement à prendre soin de lui, allant jusqu'à confier la direction de mes affaires à mes associés.

En 1921, me retrouvant endeuillé et désœuvré, industriel d'âge mûr et retraité, je résolus de distraire mes vieilles années avec ma nouvelle acquisition. Lors de mon séjour à Anchester, en décembre, je fus reçu par le capitaine Norrys, un jeune homme affable et replet qui avait tenu mon fils en haute estime et m'assurait de son aide pour réunir des plans et des anecdotes susceptibles de guider les travaux de restauration qui allaient débuter. La vue du prieuré d'Exham me laissa sans émotions, amas de ruines médiévales et croulantes, couvertes de lichens et creusées de nids de freux, dangereusement perchées au bord d'un précipice, dénuées de plancher et autres aménagements intérieurs, à l'exception des murs de pierre des tours séparées.

Reconstituant peu à peu l'image de l'édifice tel qu'il existait lorsque mes ancêtres l'avaient quitté trois siècles auparavant, je commençai à engager des ouvriers pour la reconstruction. À chaque fois, je dus aller les chercher loin des environs immédiats car les villageois d'Anchester nourrissaient à l'égard de l'endroit une crainte et une haine presque inconcevables. Ces sentiments étaient si forts qu'ils se communiquaient parfois aux ouvriers venus de l'extérieur, occasionnant de nombreuses défections ; ils semblaient s'appliquer tant au prieuré qu'à la famille qui l'avait occupée.

Mon fils m'avait raconté qu'on l'avait quelque peu évité durant ses visites parce qu'il était un La Poer, et je me trouvai, pour la même raison, victime d'un subtil ostracisme jusqu'à ce que je parvienne à convaincre les paysans que j'ignorais pratiquement tout de mon héritage. Même alors, ils continuèrent à manifester à mon égard une aversion maussade, et pour l'essentiel, je dus m'informer des traditions du village par l'intermédiaire de Norrys. Ce que les gens du pays ne pouvaient sans doute pas me pardonner, c'était d'être venu restaurer un symbole qui leur faisait horreur ; car, à tort ou à raison, ils considéraient le prieuré d'Exham comme un repaire de démons et de loups-garous.

En rassemblant les légendes que Norrys avait réunies à mon intention, et en y ajoutant les récits de plusieurs savants qui avaient étudié les ruines, j'en vins à conclure que le prieuré d'Exham se dressait à l'emplacement d'un temple préhistorique ; un édifice druidique ou prédruidique probablement contemporain des alignements de Stonehenge. Que des rites indescriptibles aient été célébrés à cet endroit, peu en doutaient, et de fâcheux récits racontaient comment ces rites avaient été amalgamés au culte de Cybèle que les Romains avaient introduit dans la région.

Des inscriptions encore visibles dans les caves présentaient les lettres « DIV... OPS... MAGNA MAT... » sur lesquelles on ne pouvait se tromper, car elles étaient le signe de la Magna Mater dont le culte sinistre avait été jadis interdit, en vain, aux citoyens romains. Anchester avait abrité le camp de la troisième légion d'Auguste, ainsi qu'en témoignent de nombreux vestiges, et on racontait que le temple de Cybèle était splendide et qu'une foule d'adorateurs s'y pressait pour y accomplir d'innommables cérémonies sur les ordres d'un prêtre phrygien. Les récits précisaient que la décadence de l'antique religion n'avait pas mis fin aux orgies du temple, mais que les prêtres avaient continué à vivre avec la foi nouvelle sans réellement modifier leur existence. De même, on affirmait que les rites n'avaient pas disparu avec le pouvoir romain, que certains parmi les Saxons ajoutèrent des constructions à ce qui restait du temple et lui donnèrent ce profil essentiel qu'il conserva par la suite, faisant de l'édifice le centre d'un culte redouté dans la moitié de l'heptarchie*. Une chronique mentionne que vers l'an mille, l'endroit était un prieuré de pierre aux proportions conséquentes abritant un ordre monastique étrange et puissant, et qu'il était entouré de vastes jardins où il n'était pas besoin de clôtures pour maintenir à l'écart une populace terrifiée. Il ne fut jamais détruit par les Danois, bien qu'après la conquête normande l'ordre eût sans doute considérablement décliné puisqu'il n'y eut aucun obstacle lorsque Henry III accorda le domaine à mon ancêtre Gilbert de La Poer, premier baron d'Exham, en 1261.

---

* Nom donné aux sept royaumes germains de Grande-Bretagne.

De ma famille, avant cette date, on ne rapporte rien de malveillant, mais quelque chose d'étrange dut se produire à cette époque. Dans une chronique de 1307, il est fait mention d'un de La Poer « maudit de Dieu », tandis que les légendes villageoises ne parlent que de terreur frénétique et de mal qui rôde lorsqu'il est question du château qui s'éleva sur les fondations de l'ancien temple et du prieuré. Les histoires qu'on racontait à la veillée étaient particulièrement macabres, d'autant plus horribles qu'elles s'accompagnaient d'une réserve craintive et baignaient dans une brume d'imprécision. Elles présentaient mes ancêtres comme une race de démons héréditaires, auprès desquels Gilles de Rais et le marquis de Sade auraient fait figure de parfaits novices, et les rendaient responsables, à mots couverts, de la disparition occasionnelle de certains villageois depuis plusieurs générations.

Les personnages les plus sinistres étaient, semble-t-il, les barons et leurs héritiers directs ; du moins était-ce d'eux qu'on parlait le plus. Si l'un des héritiers faisait montre de penchants plus sains, disait-on, il mourait précocement dans des circonstances mystérieuses, pour laisser la place à un rejeton plus typique. Il semblait y avoir un culte propre à la famille, célébré par le maître du domaine et parfois réservé à quelques rares membres. Le tempérament plutôt que l'hérédité était de toute évidence à la base de ce culte, car il admettait comme adeptes plusieurs personnes entrées dans la famille par alliance. Lady Margaret Trevor de Cornouailles, femme de Godfrey, second fils du cinquième baron, devint le fléau préféré de tous les enfants de la région et l'héroïne démoniaque d'une ballade particulièrement horrible qu'on chante encore près de la frontière galloise. Également préservée par les chansons populaires, bien que n'illustrant pas le même point, l'histoire abominable de Lady Mary de La Poer qui, peu après son mariage avec le comte de Shrewsfield, fut assassinée par son époux et la mère de ce dernier, tandis que les deux meurtriers étaient absous et bénis par le prêtre auxquels ils avaient confessé ce qu'ils n'avaient osé révéler au monde.

Ces mythes et ballades, typiques d'une superstition grossière, m'inspiraient une intense répulsion. Leur persistance, et le fait qu'ils s'appliquaient à mes ancêtres sur une aussi longue lignée, étaient particulièrement contrariants ; et ces accusations de pratiques monstrueuses rappelaient désagréablement le seul scandale connu de mes ascendants immédiats – le cas de mon cousin, le jeune Randolph Delapore Carfax, qui partit vivre parmi les Noirs et devint prêtre vaudou à son retour de la guerre du Mexique.

J'étais bien moins troublé par les histoires vagues mentionnant les gémissements et les hurlements qu'on entendait dans la vallée nue et désolée, au pied de la falaise de calcaire ; les pestilences qui émanaient du cimetière après les pluies de printemps ; la créature blanche qui pataugeait et poussait des cris perçants et que le cheval de John Clave avait piétinée une nuit dans un champ désert ; et le domestique devenu fou en voyant on ne savait quoi dans le prieuré, en plein jour. Toutes ces choses participaient d'un folklore éculé et j'étais à l'époque un farouche sceptique. Les récits de paysans mystérieusement disparus étaient plus difficilement contestables, bien qu'ils ne fussent pas particulièrement significatifs compte tenu des coutumes médiévales. Trop de curiosité entraînait la mort et plus d'une tête coupée avait été exposée publiquement sur les bastions – aujourd'hui disparus – entourant le prieuré d'Exham.

Quelques-unes de ces histoires étaient extrêmement pittoresques et me firent regretter de ne pas avoir davantage étudié la mythologie comparée dans ma jeunesse. Il y avait par exemple cette croyance qui voulait qu'une légion de diables aux ailes de chauves-souris vînt célébrer chaque nuit le sabbat des sorcières au prieuré – légion dont le nécessaire ravitaillement expliquait peut-être l'abondance disproportionnée de légumes grossiers cultivés dans les immenses jardins. Et, plus frappante que tous les autres récits, il y avait la dramatique épopée des rats – cette armée de vermine obscène et grouillante qui avait jailli du château trois mois après la tragédie qui l'avait condamné à l'abandon –, cette armée maigre, sale et vorace qui avait tout balayé sur son passage, dévorant volailles, chats, chiens, pourceaux, moutons et même deux infortunés humains avant que sa fureur ne s'apaise. Autour de cette inoubliable armée de rongeurs s'articulait tout un cycle de mythes, car elle s'était répandue dans les demeures du village, apportant à sa suite la malédiction et l'horreur.

Telles étaient les légendes qui m'assaillaient tandis que je menais à terme, avec une obstination d'homme mûr, les travaux de restauration de ma demeure ancestrale. Il ne faut surtout pas imaginer que ces récits constituaient mon principal environnement psychologique. J'étais par ailleurs perpétuellement encouragé et félicité par le capitaine Norrys et les amateurs d'art antique qui m'entouraient et me soutenaient. Lorsque la tâche fut achevée, deux ans après avoir commencé, je contemplais les vastes salles, les murs lambrissés, les plafonds voûtés, les fenêtres à meneaux et les larges escaliers avec une fierté qui compensait largement le coût prodigieux de la restauration.

Tous les attributs du Moyen Âge étaient habilement reproduits et les parties neuves se fondaient parfaitement aux murs d'origine et aux fondations. La demeure de mes pères était terminée et j'étais impatient à présent de racheter, au moins localement, la réputation d'une lignée qui allait s'éteindre avec moi. Je pouvais résider ici en permanence et prouver qu'un de La Poer (car j'avais repris l'orthographe originelle de mon nom) n'était pas forcément un démon. Mon confort se trouvait particulièrement augmenté par le fait que, bien que le prieuré d'Exham fût de facture médiévale, son aménagement intérieur était parfaitement neuf, débarrassé de la vermine et des fantômes d'autrefois.

Ainsi que je l'ai dit, j'emménageai le 16 juillet 1923. Ma maison se composait de sept serviteurs et de neuf chats, espèce pour laquelle j'entretiens un penchant particulier. Mon plus vieux chat, Négro, âgé de sept ans, m'avait suivi depuis ma résidence de Boston, Massachusetts ; j'avais collectionné les autres alors que je vivais chez le capitaine Norrys, pendant la restauration du prieuré.

Cinq jours durant, notre routine se déroula dans la plus parfaite tranquillité, et je passai le plus clair de mon temps à classer les vieux documents de famille. J'avais réussi à me procurer des comptes rendus détaillés de la tragédie finale et de la fuite de Walter de La Poer, que j'imaginais être le contenu probable de la lettre héréditaire perdue dans l'incendie de Carfax. Il semble que mon ancêtre ait été accusé, à juste titre, d'avoir tué tous les autres membres de la maisonnée, à l'exception de quatre serviteurs qui étaient ses complices, durant leur sommeil, deux semaines après une terrible découverte qui avait modifié radicalement son attitude, mais dont, excepté par allusion, il ne fit part à personne, sauf peut-être aux serviteurs qui l'assistèrent avant de s'enfuir et d'échapper aux recherches.

Ce massacré délibéré, qui incluait un père, trois frères et deux sœurs, fut généralement absous par les villageois et la loi fit preuve d'un tel laxisme envers son auteur qu'il put fuir jusqu'en Virginie sans même avoir à se cacher, indemne et honoré ; le sentiment général, qu'on se murmurait au village, était qu'il avait purgé le pays d'une malédiction immémoriale. Quelle découverte l'avait poussé à accomplir un aussi terrible forfait, je ne pouvais l'imaginer. Walter de La Poer avait dû connaître depuis des années les récits sinistres qui circulaient sur sa famille, de sorte que ces histoires n'avaient pu lui fournir d'élément nouveau. Avait-il, alors, assisté par hasard à un effroyable rite ancien, ou bien était-il tombé sur un symbole terrifiant et révélateur dans le prieuré ou son voisinage ? Il avait la réputation d'être un jeune homme doux et timide en Angleterre. En Virginie, il n'avait pas tant paru dur ou amer que tourmenté et craintif. Un autre gentilhomme aventurier, Francis Harley de Bellview, parle de lui dans son journal comme d'un homme d'une loyauté, d'une honorabilité et d'une délicatesse inégalées.

Le 22 juillet se produisit le premier incident qui, bien que je n'y aie, à l'époque, attaché que peu d'importance, devait prendre une signification surnaturelle à la lumière des événements qui suivirent. Ce fut simple au point d'en paraître presque négligeable, quelque chose qu'on ne pouvait remarquer compte tenu des circonstances ; car il faut se rappeler que, me trouvant dans un bâtiment pratiquement neuf à l'exception des murs, entouré d'une domesticité parfaitement équilibrée, toute appréhension concernant les lieux aurait été absurde.

Ce que je me rappelai pas la suite se résume à cela – mon vieux chat noir, dont je connais si bien les humeurs, manifesta sans conteste une vigilance et une inquiétude en totale contradiction avec son tempérament naturel. Il allait d'une pièce à l'autre, agité et perturbé, et reniflait constamment les murs appartenant à la structure gothique. Je me rends compte que tout ceci a l'air terriblement banal – comme l'inévitable chien des histoires de fantômes qui grogne avant que son maître ne voie le spectre –, mais je ne peux logiquement supprimer ce fait.

Le lendemain, un serviteur se plaignit de ce que tous les chats de la maison se montraient agités. Il vint me voir dans mon bureau, une pièce haute de plafond située au deuxième étage de la partie ouest, avec des voûtes à nervures, des boiseries de chêne noir et une triple fenêtre gothique ouvrant sur la falaise calcaire et la vallée ; et au moment même où il me parlait, je vis la silhouette couleur de jais de Négro qui rampait le long du mur ouest et grattait les boiseries neuves qui recouvraient la pierre ancienne.

Je dis au domestique qu'il devait émaner des vieux murs une odeur singulière, imperceptible à l'odorat humain mais affectant les organes délicats des chats même à travers les panneaux de bois. Je croyais sincèrement à cette explication et lorsque l'homme suggéra qu'il pouvait s'agir de souris ou de rats, je répondis qu'il n'y avait pas eu de rats dans la maison depuis trois cents ans et qu'il était peu probable que les mulots de la campagne environnante soient venus s'installer dans ces hauts murs où ils n'avaient pas l'habitude de s'aventurer. Cet après-midi là, j'allai rendre visite au capitaine Norrys et il m'assura qu'il serait tout à fait incroyable que le prieuré ait été infesté par les mulots d'une façon si soudaine et inattendue.

Cette nuit-là, me dispensant de valet comme à mon habitude, je me retirai dans la chambre de la tour ouest que j'avais choisie pour y dormir et à laquelle on accédait depuis le bureau par un escalier de pierre et une petite galerie – l'un en partie ancien, l'autre entièrement restaurée. Cette pièce était circulaire, haute de plafond, dépourvue de lambris mais tendue de tapisseries que j'avais choisies moi-même à Londres.

Voyant que Négro m'avait suivi, je fermai la lourde porte gothique, me dévêtis à la lueur des lampes électriques qui imitaient si parfaitement les chandelles, éteignis la lumière et m'enfonçai dans le lit sculpté à colonnes et baldaquin, le chat vénérable à sa place habituelle, en travers de mes pieds. Je ne tirai pas les rideaux mais regardai par l'étroite fenêtre qui me faisait face. Il y avait un soupçon d'aurore dans le ciel, et les croisillons délicats de la fenêtre s'y découpaient plaisamment.

À un moment donné, je dus m'endormir paisiblement, car je me souviens distinctement d'avoir été tiré d'un rêve étrange lorsque le chat, quittant sa position tranquille, sursauta violemment. Je le vis à la faible lueur de l'aube, la tête tendue en avant, les pattes antérieures sur mes chevilles, les postérieures étirées derrière lui. Il fixait avec intensité un point du mur situé un peu à l'ouest de la fenêtre, un point qui n'avait rien de remarquable à mes yeux, mais vers lequel se concentrait à présent toute mon attention.

Tandis que je regardais, je constatai que l'excitation de Négro n'était pas vaine. Je ne puis affirmer que les tapisseries ont effectivement remué. Je crois qu'elles ont bougé, très légèrement. Mais ce dont je suis prêt à jurer, c'est d'avoir entendu derrière le tissu une galopade, ténue mais distincte, de rats ou de souris. En un instant, le chat avait bondi, se jetant sur les tapisseries qui s'affalèrent sous son poids, dévoilant un vieux mur de pierres humides, réparé en certains endroits par les restaurateurs, où nulle trace de rongeur n'était visible.

Négro se mit à courir, allant et venant devant cette partie du mur, griffant les tapisseries et s'efforçant à certains moments de glisser sa patte entre la base du mur et le plancher de chêne. Il ne trouva rien et, au bout d'un moment, regagna d'un pas las sa place sur mes pieds. Je n'avais pas bougé, mais je ne me rendormis pas cette nuit-là.

Au matin, j'interrogeai tous les serviteurs, et constatai qu'aucun d'entre eux n'avait remarqué quoi que ce fût d'anormal, sinon que la cuisinière se rappela le comportement étrange d'un chat perché sur le rebord de sa fenêtre. Le chat avait miaulé furieusement au cours de la nuit, ce qui l'avait réveillée juste à temps pour voir l'animal filer délibérément par la porte ouverte et dévaler l'escalier. Je fis la sieste à l'heure du déjeuner et rendis visite dans l'après-midi au capitaine Norrys qui manifesta un intérêt grandissant pour ce que je lui racontai. Ces incidents étranges – si ténus et pourtant si curieux – satisfaisaient son goût du pittoresque et lui ramenèrent en mémoire plusieurs histoires de fantômes du folklore local. Nous étions sincèrement intrigués par la présence de ces rats, et Norrys me prêta quelques pièges et de la mort-aux-rats qu'à mon retour je fis placer par mes serviteurs à certains endroits stratégiques.

Je me retirai de bonne heure, accablé de sommeil, mais je fus tourmenté par des rêves particulièrement horribles. Je regardais, depuis une hauteur gigantesque, une grotte baignée d'une lumière crépusculaire, au sol couvert d'une épaisse couche d'ordures, où un démon porcher à la barbe blanche poussait devant lui, aidé par ses acolytes, un troupeau de bêtes molles et fongoïdes dont l'aspect me remplit d'une indicible répulsion. Puis, comme le porcher s'arrêtait et s'assoupissait à la tâche, un formidable essaim de rats s'abattit sur l'abîme pestilentiel et se mit à dévorer hommes et bêtes.

Je fus brutalement tiré de ces visions terrifiantes par les mouvements de Négro, qui dormait sur mes pieds comme à l'habitude. Cette fois, je n'eus pas à m'interroger sur la cause de ses sifflements et de ses grognements, ni sur la peur qui le poussait, inconscient de l'effet de son geste, à enfoncer ses griffes dans mes chevilles ; car tous les murs de la chambre étaient vivants, résonnant d'un son écœurant, le grouillement de rats gigantesques et affamés. Il n'y avait pas d'aurore dans le ciel pour me permettre de voir la tapisserie – dont on avait remplacé la partie effondrée –, mais je n'étais pas effrayé au point de ne pouvoir allumer la lumière.

Comme les ampoules soudain s'illuminaient, je vis de hideuses ondulations parcourir la tapisserie, faisant exécuter aux étranges dessins du tissu une singulière danse macabre. Ce mouvement cessa presque aussitôt, en même temps que le bruit. Bondissant hors du lit, je sondai la tapisserie avec le long manche d'une bassinoire qui se trouvait à portée de main et soulevai une partie de l'étoffe pour voir ce qu'elle dissimulait. Il n'y avait rien d'autre que le mur de pierre retapé, et même le chat ne donnait plus aucun des signes de tension qu'avait provoqué la perception d'une présence anormale. Lorsque j'examinai le piège circulaire qui avait été placé dans la chambre, je constatai que les ouvertures avaient fonctionné, bien qu'il ne restât aucune trace de ce qui avait été pris et s'était échappé.

Retrouver le sommeil était impossible, aussi, ayant allumé une bougie, j'ouvris la porte et sortis dans la galerie, me dirigeant vers les marches qui menaient à mon bureau, Négro sur les talons. Mais avant que nous ayons atteint les marches de pierre, le chat partit d'un trait et disparut dans l'antique escalier. Tandis que je descendais à mon tour, j'entendis soudain dans la grande salle du bas des bruits dont la nature ne laissait pas place au doute.

Les murs lambrissés grouillaient de rats, qui galopaient et détalaient, pendant que Négro courait autour de la pièce avec la fureur du chasseur déconcerté. Les rats continuèrent leur sarabande, défilant avec tant de force et de précision que je finis par donner à leurs mouvements une direction bien définie. Ces créatures, en nombre apparemment inépuisable, se livraient à une extraordinaire migration depuis des hauteurs inconcevables jusqu'à des profondeurs peut-être inconcevablement lointaines.

J'entendais à présent des pas dans le couloir, et quelques instants plus tard, deux serviteurs poussèrent la porte massive. Ils fouillaient la maison, cherchant la cause mystérieuse qui avait poussé tous les chats à dévaler précipitamment, grondant et pris de panique, plusieurs étages pour s'immobiliser en miaulant furieusement devant la porte close des caves. Je demandai aux deux hommes s'ils avaient entendu les rats, mais ils me répondirent par la négative. Et lorsque je me tournai, me préparant à attirer leur attention sur le bruit dans les lambris, je m'aperçus qu'il avait cessé.

Accompagnés des deux serviteurs, je descendis jusqu'à la porte des caves mais constatai que les chats s'étaient déjà dispersés. Plus tard, je décidai d'explorer la crypte qui se trouvait en dessous mais me contentai sur le moment de faire la tournée des pièges. Tous avaient fonctionné, pourtant tous étaient vides. Après m'être assuré que personne, excepté les félins et moi, n'avait entendu les rats, je m'installai dans mon bureau jusqu'au matin, plongé dans mes pensées, passant en revue le moindre détail des légendes que j'avais découvertes sur la bâtisse que j'habitais.

Je dormis un peu dans la matinée, installé dans l'unique fauteuil confortable de la bibliothèque que je n'avais pu me résoudre à bannir malgré ma volonté de restaurer un ameublement médiéval. Plus tard, j'appelai le capitaine Norrys qui vint aussitôt pour m'aider à explorer la crypte.

Nous ne trouvâmes absolument rien de fâcheux, mais nous ne pûmes réprimer une certaine émotion en songeant que ce caveau avait été construit par les Romains. Toutes les arches surbaissées et les piliers massifs étaient de facture romaine – non pas du style roman déprécié par l'incompétence des Saxons, mais du classicisme sévère et harmonieux de l'époque des Césars ; sur les murs, effectivement, abondaient les inscriptions familières aux archéologues qui avaient exploré les lieux – des mots tels que : « P. GETAE. PROP… TEMP… DONA… » ou encore : « L. PRAEC… VS… PONTIFI… ATYS… »

La référence à Atys me fit frissonner car j'avais lu Catulle et je connaissais les rites abominables de ce dieu oriental dont le culte était si étroitement lié à celui de Cybèle. Norrys et moi, à la lueur des lanternes, essayâmes d'interpréter les dessins étranges et presque effacés sur certains blocs de pierre rectangulaires et irréguliers que l'on tenait généralement pour des autels, mais nous ne pûmes y parvenir. Nous nous rappelâmes que l'un des symboles, une sorte de soleil rayonnant, était considéré par les érudits comme n'étant pas d'origine romaine, ce qui laissait entendre que ces autels avaient simplement été adoptés par les prêtres romains et empruntés à un temple plus ancien, peut-être aborigène, qui s'était dressé sur ces lieux. Sur l'un des blocs, on voyait encore des taches brunes qui me laissèrent songeur. Le plus grand des autels, au centre de la crypte, portait à sa surface des traces qui indiquaient un lien avec le feu – sans doute des offrandes qu'on y avait brûlées.

Telle était la crypte devant la porte de laquelle les chats s'étaient mis à miauler et où Norrys et moi étions à présent décidés à passer la nuit. Les serviteurs descendirent des lits de fortune et reçurent comme instructions de ne pas prêter attention aux agissements des chats, tandis que Négro fut admis à se joindre à nous, tant pour nous aider que pour nous tenir compagnie. Nous décidâmes de laisser la grande porte de chêne – une réplique moderne de l'ancienne avec des fentes assurant l'aération – hermétiquement close ; puis, ceci étant réglé, nous nous couchâmes en gardant les lanternes allumées, pour attendre ce qui allait se passer.

La crypte était profondément enfoncée dans les fondations du prieuré, et située probablement très bas dans la falaise calcaire qui surplombait la vallée déserte. Je ne doutais pas qu'elle fût le but ultime de l'inexplicable défilé de rats, même si je ne parvenais pas à en comprendre la raison. Nous étions allongés là, attendant et veillant, et de temps en temps, je sombrais dans des rêves confus d'où me tiraient les mouvements inquiets du chat allongé sur mes pieds.

Ces rêves malsains ressemblaient affreusement à celui que j'avais fait la nuit précédente. Je revis la grotte baignée d'une lueur crépusculaire et le porcher avec ses innommables bêtes fongoïdes se roulant dans la fange et tandis que je regardais ces créatures, elles me semblèrent à la fois plus proches et plus distinctes – si distinctes que je pouvais presque voir leurs traits. Puis j'observai le faciès flasque de l'une d'entre elles – et m'éveillai en poussant un tel cri que Négro se dressa en sursaut, tandis que le capitaine Norrys, qui ne dormait pas, éclatait de rire. Norrys aurait sans doute ri davantage – ou peut-être pas du tout – s'il avait su ce qui m'avait fait crier. Mais je ne m'en souvins moi-même que plus tard. L'horreur ultime paralyse souvent miséricordieusement la mémoire.

Norrys me réveilla quand débuta le phénomène. Il me tira du même rêve terrifiant en me secouant doucement, me pressant d'écouter les chats. Effectivement, il y avait matière à écouter, car par-delà la porte close, en haut de l'escalier de pierre, montait un cauchemar félin de cris et grattements, tandis que Négro, indifférent à ses congénères de l'extérieur, courait frénétiquement le long des murs de pierre nue dans lesquels j'entendis le même vacarme, ce bruit de rats grouillant qui m'avait troublé la veille.

Une terreur aiguë monta alors en moi, car là se trouvaient des anomalies que rien de normal ne pouvait expliquer. Ces rats qui, s'ils n'étaient pas les créatures d'une folie que j'étais seul à partager avec les félins, devaient creuser et s'enfoncer dans des murs romains que je croyais faits de blocs calcaires massifs... à moins que l'action de l'eau durant plus de dix-sept siècles n'eût ouvert des tunnels tortueux que les corps des rongeurs avait dégagés et élargis... mais même ainsi, l'horreur spectrale demeurait ; car s'il s'agissait bien de rats vivants, pourquoi Norrys n'entendait-il pas leur agitation répugnante ? Pourquoi me pressait-il de regarder Négro et d'écouter les chats à l'extérieur ? Pourquoi échafaudait-il vaguement, au hasard, sur ce qui pouvait les exciter ainsi ?

Au moment où je finissais, aussi rationnellement que possible, de lui exposer ce que je pensais entendre, me parvint à l'oreille un dernier écho de galopade, qui s'était enfoncée *encore plus bas*, bien en dessous de cette crypte profonde, jusqu'à ce qu'il semblât que toute la falaise fût infestée de rats. Norrys ne fut pas aussi sceptique que je l'attendais, mais parut au contraire profondément troublé. Il me fit remarquer d'un signe que les chats derrière la porte avaient cessé leur vacarme, comme s'ils pensaient les rats perdus. Tandis que Négro, saisi d'un nouvel accès de nervosité, griffait frénétiquement la base du grand autel de pierre au centre de la pièce, qui se trouvait plus près du lit de Norrys que du mien.

Ma terreur de l'inconnu était à cet instant très grande. Quelque chose de stupéfiant s'était produit et je vis que le capitaine Norrys, un homme plus jeune, plus vigoureux et probablement plus matérialiste, était aussi bouleversé que moi – peut-être en raison de sa longue et intime familiarité avec les légendes locales. Pour le moment, nous ne pouvions rien faire d'autre que de regarder le vieux chat noir gratter avec une ardeur décroissante la base de l'autel, lever de temps à autre les yeux vers moi en miaulant de l'air persuasif qu'il prenait lorsqu'il voulait que je lui accorde une faveur.

Norrys approchait à présent une lanterne de l'autel et examinait l'endroit où grattait Négro ; silencieux, agenouillé, dégageant les lichens qui joignaient le bloc préromain au sol de mosaïque. Il ne trouva rien, et fut sur le point d'abandonner ses efforts lorsque je remarquai un fait trivial qui me fit frissonner bien qu'il n'impliquât rien de plus que ce que j'avais déjà imaginé.

J'en parlai à Norrys et nous regardâmes tous les deux sa manifestation presque imperceptible avec la fixité que provoque la fascination de la découverte et de la compréhension. C'était peu de chose – la flamme de la lanterne posée près de l'autel vacillait légèrement, mais sans qu'il y ait le moindre doute possible, sous l'effet d'un courant d'air qui ne la touchait pas quelques instants auparavant, et qui venait indubitablement de la crevasse entre le sol et l'autel, là où Norrys avait retiré les lichens.

Nous passâmes le reste de la nuit dans le bureau brillamment éclairé, à discuter avec anxiété de ce que devait être notre prochain mouvement. La découverte de l'existence d'une crypte plus profonde que la plus profonde des maçonneries romaines répertoriées sous cette demeure maudite, une crypte qui avait échappé aux recherches des amateurs d'art antique pendant trois siècles, aurait suffi à nous mettre en émoi en dehors du contexte sinistre. En l'occurrence, notre fascination était double ; et nous nous demandâmes, saisis par le doute, s'il nous fallait abandonner nos recherches et quitter à jamais le prieuré par prudence superstitieuse, ou si nous devions au contraire satisfaire notre désir d'aventure et braver les horreurs, quelles qu'elles soient, qui nous attendaient dans les profondeurs inconnues.

Au matin, nous avions trouvé un compromis et décidé de nous rendre à Londres pour rassembler un groupe d'archéologues et de scientifiques capables d'affronter ce mystère. Il convient de mentionner qu'avant de quitter la crypte, nous avions vainement tenté de déplacer l'autel central que nous reconnaissions à présent comme une porte ouvrant sur un nouvel abîme d'indicible terreur. De plus sages que nous devaient trouver le secret qui allait ouvrir cette porte.

De nombreux jours durant, à Londres, le capitaine Norrys et moi-même exposâmes nos faits, nos conjectures et nos légendes locales à cinq experts éminents, des hommes dignes de confiance qui respecteraient tout secret de famille que de plus amples explorations risquaient de mettre au jour. Ils se montrèrent, pour la plupart, peu enclins au mépris, mais au contraire très intéressés et pleins d'une compassion sincère. Il n'est pas nécessaire de les nommer tous, mais je peux dire que parmi eux se trouvait sir William Brinton, dont les fouilles dans la Troade avaient, en leur temps, passionné le monde entier. Lorsque nous prîmes tous le train pour Anchester, j'eus l'impression d'être au bord de révélations incroyables, un sentiment que renforçait la mine endeuillée des Américains qui venaient d'apprendre la mort inattendue de leur président à l'autre bout du monde.

Le soir du 7 août, nous atteignîmes le prieuré d'Exham où les serviteurs m'assurèrent qu'il ne s'était rien produit d'anormal. Les chats, Négro compris, avaient été parfaitement calmes ; et pas un seul piège n'avait joué dans la maison. Nous devions commencer nos explorations le lendemain et, dans cette attente, je fis donner à tous mes invités des chambres confortables.

J'allai me coucher dans ma chambre de la tour, Négro étendu sur les pieds. Le sommeil vint rapidement, mais des rêves hideux m'assaillirent. Il y eut une vision de banquet romain, comme celui de Tromalcion, où l'on servait une horreur sur un plat couvert. Puis vint ce cauchemar odieux et récurrent avec le porcher et son immonde troupeau dans la grotte. Pourtant, lorsque je m'éveillai, il faisait plein jour et des bruits normaux résonnaient en bas dans la maison. Les rats, vivants ou fantômes, n'avaient pas troublé mon sommeil ; et Négro dormait toujours tranquillement. En descendant, je constatai que le même calme avait régné partout ailleurs ; situation que l'un des savants rassemblés – un homme nommé Thornton, adepte des sciences psychiques – attribuait assez absurdement au fait que j'avais vu à présent la chose que certaines forces avaient voulu me montrer.

Tout était prêt, et à onze heures du matin, notre groupe de sept hommes munis de puissantes torches électriques et de matériel d'excavation descendit dans la crypte et verrouilla la porte derrière lui. Négro nous accompagnait, car les explorateurs n'avaient pas eu cause de se plaindre de sa nervosité et tenaient même à ce qu'il soit présent au cas où d'obscurs rongeurs se manifesteraient. Nous ne consacrâmes que peu de temps aux inscriptions romaines et aux symboles inconnus ornant les autels, car trois des savants les avaient déjà examinés, et tous connaissaient leurs caractéristiques. L'attention se concentra sur l'impressionnant autel central et, au bout d'une heure, sir William Brinton était parvenu à le faire basculer en arrière, sous l'effet d'un contrepoids de nature inconnue.

Alors se révéla à nos yeux une horreur qui nous aurait submergés si nous n'y avions été préparés. À travers une ouverture presque carrée dans le sol de mosaïque, jonchant un escalier de pierre tellement usé qu'il se réduisait à un plan incliné en son centre, se trouvait un amas effroyable d'os humains ou semi-humains. Ceux qui avaient conservé leur intégrité de squelettes étaient figés dans des attitudes de terreur panique, et tous portaient des marques de dents de rongeurs. Les crânes dénotaient des êtres atteints de débilité, de crétinisme, ou encore des créatures primitives à demi simiesques.

Au-dessus des ces marches jonchées de débris infernaux s'ouvrait un passage voûté et descendant qu'on aurait dit sculpté dans le roc et qui laissait circuler un courant d'air. Ce n'était pas l'exhalaison brutale et délétère d'une crypte fermée, mais une brise fraîche, contenant un élément de pureté. Nous ne restâmes pas longtemps immobiles, mais commençâmes en frissonnant à nous frayer un passage vers le bas des marches. C'est alors que sir William, examinant les murs taillés, fit cette observation étrange, à savoir que le passage, à en juger par le sens des coups de ciseaux, avait dû être sculpté par en dessous.

Je dois être très circonspect à présent et choisir mes mots.

Après avoir fait quelques pas au milieu des os rongés, nous constatâmes qu'il y avait de la lumière devant nous ; non pas une phosphorence mystique, mais la lueur du jour qui ne pouvait filtrer que de fissures ignorées dans la falaise dominant la vallée. Il n'y avait rien d'étonnant à ce qu'on n'eût jamais remarqué ces fissures, car non seulement la vallée était complètement inhabitée, mais la falaise était si haute et offrait un tel surplomb que seul un aéronaute aurait pu étudier sa face en détail. Encore quelques marches et ce que nous vîmes nous coupa littéralement le souffle ; si littéralement que Thornton, l'explorateur psychique, s'évanouit dans les bras stupéfaits de l'homme qui le suivait. Norrys, son visage replet totalement blême et affaissé, se contenta de pousser un cri inarticulé ; quant à moi, je crois que je hoquetai, ou laissai échapper un sifflement, et d'une main me couvris les yeux.

Celui qui se trouvait derrière moi – le seul de notre groupe à être plus âgé que moi – croassa un banal « Mon

Dieu » de la voix la plus brisée qu'il m'ait jamais été donné d'entendre. De ces sept hommes cultivés, sir William Brinton fut le seul à conserver son sang-froid, ce qui est d'autant plus à son crédit qu'il se tenait en tête de notre groupe et avait été le premier à voir le spectacle.

C'était une grotte à la voûte démesurée, éclairée d'une lueur crépusculaire et qui s'étendait plus loin que l'œil pouvait voir ; un monde souterrain au mystère sans limites, suggérant le pire de l'horreur. Il y avait des bâtiments et divers vestiges architecturaux – en un coup d'œil terrifié, je vis une étrange disposition de tumulus, un cercle sauvage de monolithes, une coupole romaine en ruine, une demeure saxonne affaissée et une construction anglaise primitive en bois –, mais toutes ces choses se trouvaient abolies par le spectacle macabre qu'offrait la surface du sol. Sur des mètres et des mètres, au bas des marches, s'étirait un enchevêtrement monstrueux d'ossements humains, du moins aussi humains que ceux de l'escalier. Ils s'étendaient comme une mer d'écume, certains squelettes en morceaux, d'autres parfaitement structurés ; ces derniers étaient invariablement figés dans des attitudes de frénésie démoniaque, luttant contre une menace ou bien étreignant d'autres formes en une posture cannibale.

Lorsque le Dr Trask, l'anthropologue, s'arrêta pour examiner les crânes, il trouva un mélange dégradé qui le déconcerta totalement. Sur la chaîne de l'évolution, ils appartenaient pour la plupart à une période antérieure à celle de l'homme de Piltdown, mais dans tous les cas, ils étaient nettement humains. Plusieurs présentaient un stade de développement plus élevé, et quelque rares crânes dénotaient un type à la sensibilité suprêmement évoluée. Tous les ossements étaient rongés, soit par les rats, soit par d'autres membres du troupeau humain. De minuscules os de rats se mêlaient aux restes – soldats tombés au combat de l'armée létale qui avait conclu l'antique épopée.

Je m'étonne que quiconque d'entre nous ait pu garder sa raison et continuer à vivre durant cette épouvantable journée. Ni Hoffman ni Huysmans n'auraient pu concevoir une scène plus sauvagement incroyable, plus frénétiquement répugnante, plus grotesquement gothique que cette grotte crépusculaire à travers laquelle nous avancions tous les sept d'un pas chancelant ; chacun de nous allant de découverte en découverte, s'efforçant en la circonstance de ne pas penser aux événements qui avaient dû se dérouler dans ces lieux trois cents, ou deux mille, ou même dix mille ans auparavant. C'était l'antichambre de l'enfer et le pauvre Thornton s'évanouit à nouveau lorsque Trask lui dit que certaines de ces choses squelettiques avaient dû être des quadrupèdes pendant les vingt dernières générations ou plus.

L'horreur succéda à l'horreur lorsque nous commençâmes à explorer les vestiges architecturaux. Les quadrupèdes – et leurs recrues occasionnelles appartenant à la classe des bipèdes – avaient été parqués dans des enclos de pierre, d'où ils avaient dû s'échapper, poussés en un ultime délire par la faim ou la terreur des rats. Il y avait eu de grands troupeaux, engraissés de toute évidence avec les légumes grossiers dont les restes formaient une sorte d'ensilage empoisonné au fond de gigantesques poubelles de pierre plus anciennes que Rome. Je savais maintenant pourquoi mes ancêtres avaient eu d'aussi vastes jardins – si seulement j'avais pu l'oublier. Quant à la raison d'être des troupeaux, je n'avais pas besoin de la demander.

Sir William, debout avec sa torche électrique dans la ruine romaine, déchiffra à voix haute le rituel le plus atroce que j'aie jamais connu ; il parla également du régime alimentaire prôné par ce culte antédiluvien que les prêtres de Cybèle avaient dû découvrir et amalgamer au leur. Norrys, habitué pourtant aux tranchées du front, ne put marcher droit en sortant de l'édifice anglais primitif. C'était à la fois une boucherie et une cuisine – il s'était attendu à cela – mais voir en ce lieu des ustensiles anglais familiers, y lire des graffiti anglais familiers, dont certains dataient à peine de 1610, c'était plus qu'il n'en pouvait supporter. Je ne pus entrer dans ce bâtiment – dont l'activité démoniaque n'avait pris fin que par la dague de mon ancêtre Walter de La Poer.

Je m'aventurai néanmoins dans la construction saxonne dont la porte de chêne était tombée, et y trouvai une affolante rangée de dix cellules de pierre munies de barreaux rouillés. Trois d'entre elles étaient occupées par des squelettes humains d'un stade d'évolution supérieure, et sur l'index de l'un d'entre eux, je vis une chevalière où étaient gravées mes propres armoiries. Sir William découvrit une crypte recelant des cellules beaucoup plus anciennes sous la chapelle romaine, mais elles étaient vides. En dessous se trouvait un caveau bas contenant des caisses remplies d'ossements soigneusement rangés, dont certaines portaient de terribles inscriptions parallèles gravées en latin, grec et phrygien.

Cependant, le Dr Trask avait ouvert l'un des tumulus préhistoriques et ramené à la lumière des crânes à peine plus humains que celui d'un gorille, et sur lesquels étaient gravés d'indescriptibles idéogrammes. Parmi toutes ces horreurs, mon chat déambulait imperturbablement. À un moment, je le vis perché sur une montagne d'ossements et me demandai quel secrets pouvaient se tapir derrière ses yeux jaunes.

Ayant déchiffré jusqu'à un certain point les effroyables révélations de cette zone crépusculaire – un endroit que mon rêve récurrent m'avait fait découvrir de si terrifiante façon –, nous nous tournâmes vers cette caverne ténébreuse aux profondeurs apparemment illimitées où nul rayon de lumière provenant de la falaise ne pouvait pénétrer. Nous ne saurons jamais quels mondes aveugles et infernaux s'ouvrent au-delà de la courte distance que nous parcourûmes, car il fut décidé que de tels secrets n'étaient pas bons pour l'humanité. Mais il y avait largement de quoi nous occuper à portée de main, car nous n'eûmes pas loin à aller pour que nos torches nous révèlent cette infinité de fosses maudites où les rats avaient festoyé et qu'ils avaient quittée lorsque l'interruption brutale de tout approvisionnement avait poussé l'armée de rongeurs voraces à s'attaquer tout d'abord aux troupeaux de créatures affamées, puis à s'échapper du prieuré pour se livrer à une orgie dévastatrice que les paysans n'oublieront jamais.

Seigneur ! Ces fosses noires charognardes où s'entassaient ossements rongés, grignotés, et crânes ouverts ! Ces abîmes cauchemardesques remplis depuis des siècles immémoriaux d'ossements pithécanthropes, celtes, romains et anglais ! Certains étaient pleins à ras bord, et personne ne pouvait dire quelle avait été leur profondeur. D'autres semblaient sans fond à la lueur de nos torches électriques, et peuplés par notre imagination de choses innommables. Qu'advenait-il, pensai-je, des rats malchanceux que leur quête obscure dans l'effroyable Tartare envoyait trébucher dans ces pièges insondables ?

Une fois, mon pied glissa près d'un puits à l'horrible béance, et je connus un instant de terreur extatique. J'avais dû m'absorber dans une longue réflexion car lorsque je levai les yeux, ne restait plus de mes compagnons que le replet capitaine Norrys. Puis un bruit monta de ces ténèbres lointaines, obscures et sans limites, que je crus reconnaître ; et je vis mon vieux chat noir filer près de moi tel un dieu ailé égyptien et plonger vers le gouffre illimité de l'inconnu. Mais je ne tardai pas à le suivre car une seconde plus tard, il n'y avait plus le moindre doute. C'était la terrifiante galopade de ces rats issus de démons, perpétuellement en quête de nouvelles horreurs et résolus à m'entraîner jusque dans ces cavernes grimaçantes du centre de la terre où Nyarlathotep, le dieu fou sans visage, hurle dans les ténèbres au son des flûtes dans lesquelles soufflent deux joueurs amorphes et débiles.

Ma torche s'éteignit, mais je courais toujours. J'entendis des voix, des cris et des échos, mais par-dessus tout s'élevait le bruit de cette galopade impie et insidieuse; montant doucement, montant comme un cadavre raide et gonflé surnageant à la surface d'une rivière huileuse qui s'écoule sous d'interminables ponts d'onyx vers une mer noire et putride.

Quelque chose me heurta – quelque chose de mou et replet. Ce devait être les rats, cette armée visqueuse, gélatineuse, vorace qui se délecte des morts comme des vivants... Pourquoi les rats ne dévoreraient-ils pas un de La Poer, tout comme un de La Poer dévore des nourritures interdites ?.. La guerre a dévoré mon fils, maudits soient-ils tous... et les Yankees ont dévoré Carfax par le feu et ont brûlé grand-père Delapore et le secret.... Non non, vous dis-je, je ne suis pas ce démon porcher dans la grotte crépusculaire ! Ce n'était pas le visage replet d'Edward Norrys que j'ai vu sur cette créature molle et fongoïde ! Qui prétend que je suis un de La Poer ? Il a continué à vivre mais mon fils est mort !.. Est-ce qu'un Norrys va hériter les terres d'un de La Poer ?.. C'est du vaudou, vous dis-je... ce serpent tacheté.... Allez au diable, Thornton, je vais vous apprendre à vous évanouir en voyant ce que fait ma famille !.. Palsambleu, immonde faquin, je vais t'apprendre à savourer... quoi, tu voudrais m'enserrer dans ton piège ?.. *Magna Mater ! Magna Mater !.. Atys... dia ad aghaidh's as aodub... agus bas dunach ort ! Dhonas's dholas-ort, agus leat-sa !..Ungl... unl.... rrlh... chchch...*

Tels sont les mots que je prononçais, prétendent-ils, lorsqu'ils me retrouvèrent dans les ténèbres trois heures plus tard; ils me retrouvèrent accroupi dans l'obscurité au-dessus du corps replet à demi dévoré du capitaine Norrys, tandis que mon propre chat me bondissait à la gorge et me déchirait. À présent, ils ont fait sauter le prieuré d'Exham, ils m'ont enlevé mon Négro, ils m'ont enfermé dans cette pièce munie de barreaux à Hanwell, avec des murmures terrifiés sur mon hérédité et mon expérience. Thornton est dans la pièce voisine, mais ils m'empêchent de lui parler. Ils essayent également d'étouffer tous les faits concernant le prieuré. Lorsque je parle du pauvre Norrys, ils m'accusent de ce hideux forfait mais ils doivent savoir que ce n'est pas moi. Ils doivent savoir que ce sont les rats, les rats glissants et sournois dont la galopade ne me laissera plus jamais dormir ; les démons rats qui courent derrière le capitonnage des murs de cette chambre et cherchent à m'entraîner vers des horreurs plus grandes encore que celles que j'ai connues ; les rats qu'ils n'entendent jamais ; les rats, les rats dans les murs.

Un artisan de l'horreur indicible...

Howard Phillips Lovecraft est à l'origine d'un genre macabre qui, à l'aube du XXe siècle et à l'exception notable d'Edgar Allan Poe et Ambrose Bierce, n'existait pas dans la littérature américaine alors qu'il était enraciné depuis longtemps dans la tradition anglaise. Né en 1890 à Providence, Nouvelle-Angleterre, personnage secret et introverti, Lovecraft commença a écrire très jeune mais ne publia que peu et tard. Encore était-ce dans les revues et les journaux. Un seul livre portant son nom parut de son vivant. Il est le père d'un fantastique de l'angoisse sourde, un maître-artisan de l'horreur indicible. Son œuvre brève et puissante, constituée d'une soixantaine de contes, repose tout entière sur la croyance fondamentale selon laquelle la Terre aurait été jadis peuplée d'êtres d'une autre race, adeptes de la magie noire et des rites de la cruauté, qui auraient perdu leur emprise sur l'univers mais attendraient dans ses replis les plus secrets l'heure d'y reprendre le pouvoir. On peut y voir un lien avec le mythe chrétien de la chute de Lucifer, l'archange déchu. L'intuition inquiète du Mal qui ne dort que d'un œil et guette dans les ténèbres de la conscience l'instant de faiblesse qui lui permettra de remonter à la surface court à chaque ligne. Le texte présenté ici, publié pour la première fois en 1924 dans la revue *Weird Tales*, est considéré par les exégètes de Lovecraft comme l'un de ses plus importants, au sens où il recèle tous les éléments historiques, mythiques, mythologiques et fantastiques qui sous-tendent son univers tourmenté.

JEAN-LUC FROMENTAL

Vie de H. P. Lovecraft

1890. Howard Phillips Lovecraft naît le 20 août à Providence, Rhode Island. Winfield, son père, est commis voyageur. Homme de revenus modestes, il possède néanmoins une imposante bibliothèque dans laquelle Howard trouvera réconfort tout au long de son enfance. Sa mère, Sarah, a tendance à le couver d'un amour inquiet et abusif.

1898. Mort du père suite à de graves troubles nerveux. Enfant fragile et introverti, le jeune Howard semble affecté des mêmes maux.

1903. Lovecraft, qui écrit de la poésie depuis l'enfance, compose à treize ans sa première histoire dans la tradition gothique, *The Beast in the Cave*.

1904. La mort de Whipple V. Phillips, grand-père maternel de Lovecraft et entrepreneur ruiné, plonge la famille dans une gêne financière permanente.

1906. Passionné d'astrologie, Lovecraft donne un article mensuel sur les phénomènes célestes au *Tribune* de Providence. Il inaugure ainsi un versant peu connu de son travail, la rédaction d'essais journalistiques, activité qu'il poursuivra jusqu'à sa mort sous divers pseudonymes (par exemple, L. Theobald et Zoilus).

1914. Il adhère à L'United Amateur Press Association qui le met en contact avec de nombreux confrères et correspondants. *L'Alchimiste*, son premier conte publié, paraît en 1916 dans la revue de l'association.

1917. Lovecraft tente de s'engager dans la National Guard de Rhode Island. Évincé pour « troubles nerveux », il poursuit l'écriture de ses poèmes et contes macabres et rédige *Dagon*, son premier texte majeur.

1921. En proie à de graves désordres psychiques, Sarah Lovecraft meurt au Butler Hospital. Convaincu de ne pouvoir vivre de son seul talent littéraire, Lovecraft propose ses services comme critique, « réviseur » et « nègre ». Il rédige ainsi un long texte pour l'illusionniste Houdini.

1923. Création de la revue *Weird Tales*, dévolue au fantastique et à l'étrange. *Dagon* paraît dans le numéro d'octobre. Lovecraft a trouvé son marché. Désormais, *Weird Tales* publiera ou rééditera l'essentiel de son œuvre de fiction.

1924. Lovecraft épouse Sonia Greene, écrivain amateur et femme d'affaires de dix ans son aînée. Le couple s'installe à Brooklyn. Le mariage dure deux ans. S'étant séparé de cette épouse mal assortie « sans reproche particulier ni acrimonie, » Lovecraft rentre chez lui. Hormis quelques courtes escapades en Floride, en Louisiane ou au Canada, il ne quittera plus Providence, l'Arkham de son territoire mythique.

1928-1929. Deux textes importants, *La Couleur tombée du ciel* et *L'Abomination de Dunwich*, paraissent dans une anthologie des meilleurs contes de l'année.

Avec certaines histoires reprises par le *London Evening Standard*, d'autres placées dans les revues *Astounding* et *Amazing Stories*, Lovecraft voit lentement croître sa réputation.

1933. Lovecraft s'installe avec une tante au 66 College Street, son dernier domicile. N'aimant écrire que la nuit, il travaille derrière ses volets fermés, à la lumière électrique. Il entretient une énorme correspondance avec ses confrères et amis. Ses dizaines de milliers de lettres tracent du « reclus de Providence » un profil bien différent de celui dont on l'affuble en général : drôle, érudit, généreux, même si beaucoup de ses opinions, notamment sur les questions raciales et sexuelles, portent la marque d'un conservatisme franchement réactionnaire.

1936. Parution de *Shadow over Innsmouth*. Diffusé à 200 exemplaires, c'est le premier et unique livre qui paraîtra du vivant de Lovecraft.

1937. Lovecraft meurt d'un cancer de l'intestin le 15 mars, au Jane Brown Memorial Hospital. Il est inhumé trois jours plus tard au cimetière de Swan Point. Son nom est inscrit sur le monument central, mais aucune pierre tombale ne marque l'emplacement de sa sépulture.

1939. August Derleth et Donald Wandrei, amis et disciples de Lovecraft, créent la maison d'édition Arkham House et l'inaugurent avec la publication du recueil *The Outsider and Others*, une campagne de trente ans visant à établir la gloire posthume de Lovecraft.

Repères bibliographiques

- *L'Abomination de Dunwich,* J'ai lu, 1997.
- *Les Montagnes hallucinées,* J'ai lu, 1996.
- *La Quête onirique de Kadath,* J'ai lu, 1996.
- *Le Mythe de Cthulhu,* J'ai lu, 1996.
- *Nyarlathotep,* Herne, 1996.
- *Le Cauchemar d'Innsmouth,* J'ai lu, 1996.
- *Par-delà le mur du sommeil,* Denoël, 1994.
- *L'Horreur de Dunwich,* Série Noire, 1993.
- *Œuvres,* Laffont, 1992.
- *L'Horreur dans le musée,* Pocket, 1990.
- *La Trace de Cthulhu,* Pocket, 1990.
- *L'Affaire Charles Dexter Ward,* J'ai lu, 1989.
- *L'Horreur dans le cimetière,* Pocket, 1989.
- *Le Masque de Cthulhu,* Pocket, 1989.
- *L'Ombre venue de l'espace,* Pocket, 1989.
- *Dagon,* J'ai lu, 1989.
- *Night Ocean,* J'ai lu, 1989.
- *Lettres d'Innsmouth,* Encrage, 1989.
- *La Chose des ténèbres,* Pocket, 1989.
- *L'Appel de Cthulhu,* Pocket, 1989.
- *Le Rôdeur devant le seuil,* Pocket, 1988.
- *Épouvante et surnaturel en...,* Bourgois, 1985.
- *Légende du mythe de Cthulhu,* Pocket, 1985.

Mille et une nuits propose des chefs-d'œuvre pour le temps d'une attente, d'un voyage, d'une insomnie…

Derniers titres parus chez le même éditeur

120. Benjamin Péret, *Le Déshonneur des poètes.* 121. Michel Bakounine, *Dieu et l'État.* 122. Sun Tzu, *L'Art de la guerre.* 123. Paul Verlaine, *Chansons pour Elle.* 124. Paul Bowles, *L'Éducation de Malika.* 125. Lewis Carroll, *La Chasse au Snark.* 126. Khalil Gibran, *Le Fou.* 127. Thomas Mann, *La Loi.* 128. Victor Hugo, *L'Art d'être grand-père.* 129. Pierre Legendre, *La Fabrique de l'homme occidental.* 130. Jean-Jacques Rousseau, *Discours sur l'origine et les fondements de l'inégalité parmi les hommes.* 131. Apocalypse. 132. Julien Offray de La Mettrie, *L'Art de jouir.* 133. Raphaël Confiant, *La Baignoire de Joséphine.* 134. Charles Baudelaire, *Mon cœur mis à nu.* 135. *Bhagavad-Gîtâ.*136. Érasme, *Éloge de la folie.* 137. Bernard Comment, *L'Ongle noir.* 138. Ambrose Bierce, *Le Club des parenticides.* 139. Lucien de Samosate, *Sectes à vendre.* 140. Edith Wharton, *Les Yeux.* 141. Baltasar Gracián, *L'Homme de cour.* 142. Nicolas de Chamfort, *Maximes et Pensées.* 143. Dominique Méda/Juliet Schor, *Travail, une révolution à venir.* 144. Émile Zola, *Comment on se marie.* 145. Aristote, *Poétique.* 146. Alessandro Baricco, *Novecento : pianiste.* 147. Honoré de Balzac, *Traité des excitants modernes.* 148. Herman Melville, *Les Îles enchantées.* 149. Arthur Koestler, *Les Militants.* 151. Jack London, *Construire un feu.* 152. Émile Zola, *Comment on meurt.* 153. Alexandre Pouchkine, *Le Coup de pistolet.* 154. Ferenc Karinthy, *L'Âge d'or.* 155. Jules Verne, *Une fantaisie du docteur Ox.* 156. Confucius, *Entretiens du maître avec ses disciples.* 157. Edgar Morin/Christoph Wulf, *Planète : l'aventure inconnue.* 158. Jean-Bernard Pouy, *Plein tarif.* 159. Chester Himes, *Une messe en prison.* 160. Cesare Battisti, *Nouvel An, nouvelle vie.* 161. Jean Ray, *Le Psautier de Mayence.* 162. Lovecraft, *Les Rats dans les murs.* 163. Dashiell Hammett, *Le Meurtre de Farewell.*

Pour chaque titre, le texte intégral, une postface, la vie de l'auteur et une bibliographie.

Achevé d'imprimer en mai 1997,
sur papier recyclé Ricarta-Pigna par G. Canale & C. SpA (Turin, Italie)